PAUL FÉVAL

LE DENIER

DU

SACRÉ COEUR

EXTRAIT DE PIERRE BLOT

Second épisode des ÉTAPES D'UNE CONVERSION

Se vend au profit de l'Œuvre du VŒU NATIONAL

SOCIÉTÉ GÉNÉRALE DE LIBRAIRIE CATHOLIQUE

VICTOR PALMÉ, ÉDITEUR DES BOLLANDISTES, DIRECTEUR GÉNÉRAL

PARIS	BRUXELLES
25, rue de Grenelle-St-Germain	5, place de Louvain, 5

1878

LE DENIER

DU

SACRÉ-COEUR

PARIS. — TYPOGRAPHIE LAHURE

Rue de Fleurus, 9

PAUL FÉVAL

LE DENIER

DU

SACRÉ-COEUR

Extrait de PIERRE BLOT

Second épisode des ÉTAPES D'UNE CONVERSION

Se vend au profit de l'Œuvre du VŒU NATIONAL

SOCIÉTÉ GÉNÉRALE DE LIBRAIRIE CATHOLIQUE

Victor PALMÉ, éditeur des *Bollandistes*, directeur général

<table>
<tr><td>PARIS</td><td>BRUXELLES</td></tr>
<tr><td>25, rue de Grenelle-St-Germain</td><td>5, place de Louvain, 5</td></tr>
</table>

1878

PIERRE BLOT

LE DENIER DU SACRÉ-CŒUR

> .... Elle s'élèvera dans la ville
> coupable et châtiée comme une
> amende honorable sur le lieu d'un
> crime. Elle repoussera les dangers
> du présent, elle servira de leçon
> pour l'avenir. Ce monument de foi
> apprendra à nos neveux nos mal-
> heurs, notre repentir, et, s'il plaît
> à Dieu, notre délivrance....

I

Jean était debout en haut de la butte. On
l'aurait pu prendre d'en bas pour la statue
de la maigreur, sans ses grands bras qui
gesticulaient. A cette même place, autre-

fois, l'ancien télégraphe de Montmartre gesticulait aussi ; puis on avait élevé là une tour en plâtre qui s'appelait Malakoff, Solferino, ou je ne sais quoi d'autre. Le temps dont je vais parler n'était pas à la mémoire des noms victorieux.

Maintenant il n'y avait plus rien à ce sommet de Paris, sinon les vestiges de quelques talus en terre élevés à la hâte, trois ans auparavant, pour mettre en batterie les canons de la Commune. Nous étions à la fin de juillet 1873.

Je crus d'abord que Jean parlait tout seul : cela lui arrivait quelquefois, quand il n'avait personne à qui parler ; mais à mesure que je gravissais la rampe, je pouvais me convaincre qu'il avait au moins un interlocuteur, car j'entendais une autre voix répondant à la sienne. Cette voix était joyeuse et bonne, quoiqu'elle trahît une lassitude et peut-être une souffrance. Elle disait, au moment où je commençai à distinguer les paroles prononcées :

— Il y a déjà bien des gens qui viennent voir, depuis que la loi a été présentée. Il paraît que l'église sera ici même où nous sommes. Voyez-vous la lanterne du Panthéon, tout là-bas, au-dessus des tours de Notre-Dame ?

— Oui, repartit Jean. C'est-à-dire.... ne nous vantons pas : je ne vois que le brouillard ; mais je sais qu'elles doivent être là, les tours et la lanterne.

— Eh bien, reprit l'autre voix, ici, derrière vous, à droite de ces fortifications pour rire qui envoyèrent M. Thiers et ses

vaillants ministres jusqu'à Versailles, voici
la place du maître-autel, dont la première
marche sera juste à la hauteur de la croix
de Sainte-Geneviève. Et, quand le prêtre of-
ficiant se tournera pour dire aux fidèles :
« Que le Seigneur soit avec vous », le souffle
de sa bénédiction réchauffera tout Paris,
qui est, dit-on, le cœur malade de la France.

La main de Jean se tendit, sans doute
pour presser une autre main, et je distin-
guai l'émotion de son accent quand il demanda :

— Vous avez prêché la parole de Dieu,
mon frère?

— Non, jamais, lui fut-il répondu. Avant
d'être une bouche inutile dans notre ordre,
j'apprenais à lire aux petits enfants de
ceux qui ont fusillé les deux généraux, ici

près, dans la basse-cour de l'académicien.

A ce moment-là j'arrivai sur le tertre, et je vis celui avec qui Jean s'entretenait. C'était un frère de la Doctrine chrétienne, dont les traits réguliers et doux, mais maladifs, dénonçaient une longue lutte contre la souffrance. Il était assis, voilà pourquoi je ne l'avais pas vu tout d'abord ; son siége était le revers même de l'épaulement, presque nivelé, et qui faisait l'effet d'un petit banc de gazon chauve où l'herbe aurait été tuée par la poussière. Auprès de lui reposaient une mauvaise béquille et un livre de piété, habillé de vieux drap.

Il n'y avait point de bras dans la manche droite de sa robe. Il paraissait âgé d'une trentaine d'années tout au plus.

—Voilà, me dit Jean, une bonne con-

naissance que j'ai faite, pour ma peine d'ê-
tre arrivé le premier. Le cher frère est un
invalide du siége. On l'amputa au bois de
Vincennes, en plein air, par douze degrés
de froid, pendant qu'on dépiquait la tente
de l'ambulance, après le combat de Champigny. Il s'était avancé de trop, pour relever
un officier des mobiles d'Ille-et-Vilaine
tombé sur le plateau, et il eut trois balles
en revenant : deux qui lui broyèrent le
bras, une qui lui cassa le genou, comme il
se retournait pour montrer sa croix inter-
nationale.

Le frère me rendit mon salut attendri et
dit :

— Le genou donne bien du mal au méde-
cin de notre maison mère, mais je n'avais
pas marché trop loin, puisque j'arrachai

mon sous-lieutenant et qu'il se porte bien,
Dieu merci. Il était jeune, jeune; il appelait sa maman. Un bon petit cœur! Il m'a
écrit jusque de Bretagne pour avoir de mes
nouvelles et m'annoncer son mariage....
Ah! j'étais fort en ce temps-là! Je l'avais
sur mes épaules quand j'attrapai mes trois
coups de fusil. Je me dis : Tiens dur! le
bon Dieu est là. Le genou me faisait tant de
mal que j'en pleurais comme un lâche;
mais c'est égal, je me traînais encore
assez vite, car je rejoignis le bataillon, et
je ne dégrafai mon petit Breton que quand
je tombai tout à fait, — en dedans du rang.

Un peu de sang était revenu à la pâleur
de ses joues, et il souriait. Jean s'assit auprès de lui et dit :

— Ça vaut pourtant bien la peine d'être

raconté au long, cette histoire-là; allez,
-mon frère, on vous écoute.

Mais le frère répondit :

— Il n'y a pas autre chose ; j'ai tout dit.

Le temps était très-chaud, malgré l'heure
matinale. Nous nous étions donné rendez-
vous, Jean et moi, de si belle heure sur la
butte pour éviter le grand soleil en visitant
le lieu qu'on disait choisi par Mgr l'archevêque de Paris pour édifier sa grande basilique du Sacré-Cœur. On en parlait beaucoup, à cause du vote de l'Assemblée. Il se
trouvait que l'église du Vœu-National allait
précisément remplacer les fortifications im-
provisées par la révolte. A ces hauteurs d'où
l'insurrection faisait pleuvoir naguère le fer
et le feu sur la capitale de la France,

l'homme de Dieu, le pasteur héritier de tant de martyrs avait reçu mission de planter le drapeau d'éternelle paix. De ce faîte, déjà sanctuaire au temps des barbaries païennes et tout rayonnant de l'héroïsme chrétien, où saint Denis était mort vainqueur des idoles, où saint Ignace était né au plus grand apostolat des temps modernes ; de cette montagne souillée par les autels de Mars et de Mercure, mais rachetée par la prière, mais glorifiée par le sang, un temple allait surgir au commandement du saint évêque, immense croix d'un nouveau calvaire, étendant ses bras pour enserrer à la fois Paris, la France, l'Europe et l'univers.

Et c'était au lendemain de l'effrayante débauche menée par la haine, que cette pensée d'un prince de l'Église, conseillé par la miraculeuse voix du Sauveur, tombait dans la bonne terre comme une semence féconde, y germait invisible encore, mais préparait déjà l'enfantement plein de gloire d'où l'Œuvre, symbole de nos espoirs surnaturels, allait s'élancer et fleurir.

Je me souviens que, sous le règne de Louis-Philippe, alors que la carmagnole des charlatans tourbillonnait en tempête dans ce pauvre Paris, affolé de révoltes pseudo-littéraires, de révolutions industrielles, de religions athées et de mille autres infirmités tragiques ou grotesques, au temps des Saint-Simoniens, des Fouriéristes, des Jeunes-Templiers et de Jérôme Paturot, une pensée se fit jour qui sembla grandiose à beaucoup de braves gens. Un artiste, M. Préault, proposa de *sculpter* la butte

Montmartre. Pour en faire quoi? Je ne sais plus au juste, mais je crois bien qu'il s'agissait de représenter soit une dame coiffée d'un bonnet phrygien, soit un empereur couronné de laurier : Napoléon ou la Liberté. Notre siècle n'a su adorer que le canon et la hache.

J'ai cité le projet du colossal statuaire, non point pour en rire, il y a beau temps que je ne ris plus de rien, mais pour montrer à quelle hauteur la religion plane au-dessus même de l'impossible. La croix tient véritablement le rêve sous ses pieds.

Le catholicisme ne sculpte pas les montagnes pour en fabriquer des jouets monstrueux, mais il exhausse encore les plus hauts sommets, tout en les faisant accessibles; il y bâtit des tours qui ont leurs Fondements dans les entrailles du sol; il les surmonte du symbole de pardon, opposant la belle contagion de ses tendresses aux épidémies de la haine.

Et il emplit ces maisons de lumières si vives que leurs murailles, pénétrées de splendeurs, éclatent comme des phares, portant partout le rayon grâce auquel les âmes égarées trouvent leur route à travers la nuit de l'humanité.

II

Ce que je viens d'exprimer, j'étais fort éloigné de le ressentir au mois de juillet 1873. La pensée dont Mgr Guibert s'était fait le promoteur avait été accueillie avec transport dans le monde catholique, mais je ne faisais point encore partie de ce monde, sinon par l'attrait assez vague de mes souvenirs et de mes instincts. J'étais un chrétien de théorie et de poésie, arrêté par je ne sais quoi au seuil de l'Église : en dehors.

J'en connais comme cela une innombrable multitude. Entre tous, c'est pour ceux-là qu'il faut prier.

L'expiation monumentale, préparée par l'archevêque de Paris, m'apparaissait comme un très-grand poëme. J'étais bien forcé d'y mettre de la religion, mais j'y souhaitais surtout de l'art. J'avais pris la peine de chercher le prophète qui taillerait en versets de pierre la majesté de ce psaume de notre pénitence. L'homme très-habile et très-*actuel* qui a bâti l'Opéra me hantait et me gênait. Quoi qu'on fasse, M. Ch. Garnier aura exercé sur son temps une réelle influence, assez malaisée à définir. Il me faisait peur, et tout autre aussi à cause de lui. Vous voyez que j'allais fort en avant des respectés zélateurs de l'œuvre : la mouche est rarement derrière le coche.

Je ne crois pas que M. Garnier ait fondé une école, mais le nuisible troupeau des imitateurs flaire sa vogue à l'unanimité et ramasse tout ce qui peut tomber de lui. Il n'est ni chrétien, ni païen, ni romain, ni grec ; c'est un nabab d'Assyrie, faisant à la fois grand et petit et concevant des mièvreries babyloniennes, exagérées par de prodigieux accessoires. Cela plaît incomparablement.

Pour moi, Nabuchodonosor, changé en

bête, rôde sous le péristyle de cette Bourse de la sensualité, l'Opéra, type du gigantesque en miniature, bazar excellent, à tout prendre, pour les marchandages d'art, de métier, de honte, de gloire, de plaisir et de ruine qui font vivoter notre temps. Je l'ai dit : c'est ACTUEL, et souvenez-vous que, depuis deux ans, l'illustre escalier, chef-d'œuvre du genre satrapien, fait vingt mille francs de recette tous les soirs. Paris le grimpe à quatre pattes, comme Nabuchodonosor.

Il est donc convenu que Paris et moi nous aimons cette Niniverie montée, plus curieuse que toute autre chose maçonnée de nos jours. Seulement, Paris n'en a pas crainte, et moi, elle me fait trembler pour les autres palais et même pour les cathédrales. En ce siècle d'effrénée singerie, où la main est si preste et la pensée si lourde, quelque architecte à la suite peut introduire ses doigts dans la poche de M. Garnier et y prendre, je le redoute, un plan qui doit y être parmi d'autres chefs-d'œuvre : le plan de la pagode de Balthazar.

Veuillez me comprendre : ma volonté n'est point de dire que le talent hors ligne de l'auteur de l'Escalier soit incapable de dessiner une voûte chrétienne ; je crois tout le contraire et ne parle que des imitateurs, gens de maraude qui changent l'or volé en gros sous. A tort ou à raison, j'avais ce cauchemar de voir pendre au sommet de Montmartre ce qu'ils appellent « une idée », quelque chose de neuf, de *trouvé*, peut-être même quelque chose d'ORIGINAL ; en un mot une église ACTUELLE! Et comme je me souvenais du fabuleux devis de l'Opéra qui émerveilla Paris presque autant que l'Opéra lui-même, je me demandais où notre archevêque découvrirait la mine d'or susceptible de remplacer l'État qui paye volontiers les frais des opéras, mais non point ceux des basiliques.

J'étais donc un peu de l'opposition, comme il arrive à tout mauvais paroissien. La future église du Sacré-Cœur me paraissait superbe comme déploiement de drapeau, utile comme protestation, éloquente comme cantique ou prière, mais je lui trouvais couleur de luxe et parfum de témérité.

Jean me disait : « Ne juge pas, tu es trop loin de l'autel. Si présomptueux que tu sois, aurais-tu la fantaisie d'éplucher le style d'un poëme écrit en une langue qui te serait inconnue?... »

Confusément, je sentais qu'il était dans le vrai et que le compas me manquait pour mesurer ces choses, mais je gardais mon opinion. Il en faut une.

III

Le frère ignorantin, pour lui donner ce nom si beau dont l'ingratitude publique a presque fait une injure, n'appartenait plus à aucune école de quartier. A la maison mère où il vivait retiré, par suite de ses blessures, on adoucissait pour lui les sévérités de la règle, et il avait permission de venir à Montmartre les jours de bon soleil :

Comme il nous l'avait dit, sa jeunesse s'était
écoulée ici ; avant la guerre, il apprenait à
lire à ces chers, à ces pauvres petits sauva
ges de la ville ouvrière qui n'entendent jamais le nom de Dieu que dans le blasphème.
Il les avait aimés tendrement et revenait
les voir. Dans ces terrains de la butte qui
ont été, depuis lors, bouleversés par de si
grands travaux, il trouvait encore la solitude ; il s'asseyait sur l'herbe, il lisait un
peu dans son livre couvert de drap, il priait
beaucoup et rassemblait parfois les enfants
errants pour leur dire une belle histoire. Il
savait très-bien que sa vie terrestre était
condamnée, il ne s'en vantait pas, mais
cela répandait une gaieté parmi sa patience.

Il connaissait sa butte sur le bout du
doigt et nous en fit les honneurs. Il vint,

appuyé sur sa béquille, jusqu'au bord du promontoire qui surplombait le champ de glaise où passe maintenant le nouveau boulevard. De là, nous dominions, sur notre droite, la ville étoilée de merveilles monumentales; de face, les faubourgs de misère; à gauche, la plaine, marquée à son centre par la flèche de Saint-Denis. Puis, c'était la banlieue industrielle, tout échevelée de vapeurs, les vertes oasis de Saint-Ouen, Enghien, tache grise où la spéculation, les annonces et la politique cultivent leurs petits apanages, bien serrés autour d'un lac encore plus profond que le bassin du Palais-Royal. Et au delà de tout cet ennui qui peine si désespérément à se divertir, la forêt, une vraie forêt tapissait le lointain des collines, montrant à notre purgatoire de

Paris le paradis de la campagne française.

Le frère nous détailla ce panorama en quelques paroles d'une extrême simplicité, mais dont chacune était un coup de pinceau. Jean n'avait pas souvent envie de voir. Il était très-myope et ne s'en inquiétait point. Jamais je n'ai rencontré d'homme moins curieux de ce qui se regarde. Comme il voyait assez de choses attachantes au dedans de lui-même, il s'était habitué à croire les objets extérieurs sur la parole d'autrui.

Mais aujourd'hui, je ne sais ce qui le prit, il s'empara de mon binocle et regarda au travers. Je pense qu'il put voir quelque chose du paysage où le soleil éclatait partout, mais je suis sûr qu'il vit quelque chose au delà des bornes du paysage, car il s'écria :

— Il peut y avoir un voile sur la con-

science d'un peuple comme sur les yeux
d'un homme, et voilà le miracle que doit
accomplir le vœu national de pénitence!

Il regarda encore un instant avec la sur-
prise incrédule des enfants, puis il me dit,
craignant de n'avoir pas été compris :

— C'est assurément une figure très-frap-
pante et très-grande, quoiqu'il s'agisse, au
fond, d'une simple paire de lunettes. Ima-
gine-t-on quelque chose de plus beau qu'un
remède apporté à la myopie des esprits et
des cœurs? Moi je ne savais même pas que je
ne voyais point. J'entendais les autres voir ;
cela passait sur moi comme chose indiffé-
rente. Et note que je ne me plains point
d'avoir regardé Dieu en moi-même sans
trop observer les spectacles qui sont la
splendeur matérielle de son œuvre. Peut-

être les devinais-je aussi beaux que vous les admirez, et plus beaux. La question n'est pas là. Pour vous, ces choses étaient présentes, pour moi elles n'existaient pas, soit que je les eusse oubliées, soit qu'elles ne me fussent réellement point connues, c'est tout un. Il a suffi d'un rond de verre pour me les créer. Ah ! je raconterai cela à Saint-Sulpice et je parlerai du Sacré-Cœur.

Je lui proposai de garder mon lorgnon, mais il me le rendit vitement, comme s'il n'eût point voulu abuser de ce prodige.

—Que ce soit un verre, me dit-il, un fait, une parole, qu'importe? L'œil aveugle de l'homme peut être dessillé, voilà ce qui est certain. Je pense à ceux qui souffrent, à ceux que le brouillard du découragement enveloppe, à mes ouvriers que les ennemis de Dieu harcèlent en leur jetant le fatal bandeau sur la vue.... Je te dis que c'est grand, et la bonté de la Providence est au plein de mon cœur. La maison du Vœu sera le télescope dressé sur la hauteur, et grâce à elle, nos yeux verront tout à coup au delà des barrières du mensonge....

Le frère allait en avant de nous comme un cicerone. Il s'arrêta auprès d'un petit pan de muraille, protégé par quelques planches et dit :

— C'est ici.

C'était à l'entrée de la propriété de feu M. Scribe, l'auteur dramatique qui célébrait les profits de son génie dans la langue de Virgile, ayant pris pour enseigne une plume avec ces quatre mots qu'il croyait latins : *Inde fortuna et libertas :* fort galant homme du reste, qui avait droit d'avis en sa qualité d'académicien, pour fixer la langue de Bossuet. C'est drôle.

Le frère ayant écarté une planche, nous montra l'endroit où les généraux avaient été fusillés.

— J'étais là, nous dit-il, entouré de ces malheureux en délire. Ils me tenaient prisonnier. Je les connaissais presque tous ; je fais encore l'aumône à quelques-uns : ce ne sont pas ceux qui frappent qui tuent. La pensée homicide est derrière eux.

Nous dîmes tous les trois un *de profundis* pour ces républicains massacrés par la république. Peut-être que Dieu avait visité leur dernière heure. C'était de la tristesse morne qui pesait sur nos poitrines. Il n'y a rien par delà les supplices de Girondins, sauf cette chose moqueuse qui moisit entre les feuillets des livres et qu'ils appellent, sans rire, la gloire… la gloire des Girondins !

Quelques jours auparavant, je m'étais agenouillé sur la terre de la rue Haxo, et mon cœur avait fondu en larmes. Ce n'était qu'un pauvre mur comme ici, écorché par des balles, mais un souffle animait pour moi la solitude misérable du lieu. Il y avait là cette autre gloire qui est le contraire de la gloire des Girondins et qui est la Gloire. Le Jésuite Pierre Olivaint et ses compagnons étaient tombés dans cette poussière désormais sacrée, en chantant le cantique des grandes allégresses, et le divin martyr, Jésus, fils de Marie, présidait à cette fête de propitiation…. Olivaint ! doux esprit, large cœur,

charité splendide, soldat, ô cher soldat des
pacifiques violences ! Je m'approchais déjà
de la bonne route, car mes larmes étaient
de joie. Une mort comme la tienne, longtemps implorée, abondamment méritée,
vaut des trésors de pardon, et ton dernier
soupir, bien-aimé père ! rachète à la fois les
Girondins et leurs bourreaux.

IV

On connaissait depuis vingt-quatre heures
le vote de l'Assemblée ; à mesure que Paris
s'éveillait, quelques curieux allaient et ve-
naient sur la butte, causant de la basilique
à naître. Les groupes se rassemblaient autour de la clôture qui protégeait le puits uni-

que, ouvert depuis peu, et au moyen duquel on avait entamé les opérations de sondage. Il se faisait déjà des récits surprenants touchant les difficultés qui seraient à vaincre avant même de savoir si la construction du monument en ce lieu était une œuvre possible. Le frère nous dit que des gens, très-entendus, appartenant à la rédaction de divers journaux bien informés, avaient gravi la montée tout exprès pour affirmer que le projet était impraticable. Ils en déduisaient les raisons qui étaient du meilleur acabit. L'absurdité de l'entreprise leur donnait beaucoup de contentement. Certains disaient que, vu la nature bien connue du sol, l'édifice, au bout d'un peu de temps, rentrerait en terre comme une longue-vue dans son étui, d'autres pronostiquaient qu'un beau matin, après une nuit de pluie, la basilique se mettrait en marche comme les vaisseaux qu'on lance du chantier à la mer et s'en irait tout majestueusement écraser le quartier de Notre-Dame de Lorette.

Jean écoutait le frère, qui racontait ces choses assez gaiement. De temps en temps il me regardait avec défiance, et je voyais dans ses yeux qu'il me soupçonnait de quelque complicité, sinon avec ces messieurs de la presse avancée, du moins avec les chrétiens *pratiques*, qui ne mettaient le pied qu'en tremblant sur ce brûlant terrain du Sacré-Cœur.

— Sais-tu si M. Thiers a voté pour le projet de basilique? me demanda-t-il tout à coup.

— Non, répondis-je; mais cela ne m'étonnerait point, car, sous l'Empire, il votait avec les catholiques dans les questions qui intéressaient le Pape et son pouvoir temporel.

— A telles enseignes qu'il eut à ce sujet une discussion historique avec M. Barthélemy Saint-Hilaire.....

— Tu m'as déjà raconté cela, dis-je, c'est apocryphe.

— Quoi donc? demanda le frère.,

— Apocryphe! apocryphe! s'écria Jean : jamais M. Thiers et son fidèle ne se sont bien disputés que cette fois-là.... Figurez-vous, mon frère, une querelle de ménage! M. Thiers n'était pas le plus fort. Aux reproches de son excellent ami qui l'accusait de lâcher décidément la libre pensée, il opposa d'abord sa bonne humeur qu'on dit inépuisable dans

l'intimité, mais enfin, poussé à bout, il s'é-
cria :

— Eh bien, je l'avoue : personnellement,
je n'ai rien contre Dieu.

— *Il le sait bien !* repartit douloureuse-
ment M. Barthélemy Saint-Hilaire, et voilà ce
qui l'encourage !

Jean disait très-bien cela, et j'avais ri de
tout mon cœur la première fois qu'il m'avait
raconté son histoire, probablement inven-
tée, mais à laquelle ne manquait point une
vague couleur de vraisemblance. Le frère,
cependant, garda son sérieux, soit qu'il
n'eût point compris, soit que la plaisanterie
lui parût exorbitante.

Jean poursuivit en s'adressant à moi :

— Ce n'est pas que je te fasse ce cadeau
de te comparer à M. Thiers, mais tu es un

peu de cette religion-là. Cette phrase d'aspect si comique : « personnellement, je n'ai rien contre Dieu », est l'expression exacte et même flattée de l'état honorablement modéré où dort la pensée du monde *pratique*, dans sa sphère la plus intelligente, et tu es de ce monde-là. Je ne suis pas sans savoir un certain gré aux gens qui ont été au lycée et qui gardent cette neutralité bienveillante vis-à-vis de Dieu. C'est gentil de leur part. Toi, par exemple, ton opinion de milieu est tout à fait décente et propre; si tu crains les « cléricaux », c'est dans l'intérêt de Dieu, et tu as trouvé, pour préserver l'Église de Dieu, cet ingénieux moyen de la mettre dans une armoire.

Pourtant, arrange cela si tu peux; cette idée très-cléricale du vœu de la France t'inspire une manière d'enthousiasme. Tu as même pris la peine d'inventer le mot qui l'applaudit sous toutes réserves; tu dis : « C'est une *sublime imprudence!* » Et cette formule conciliante permet à ton cœur de battre sans que ta tête perde rien de son estimable prud'homie.

Plus tard, tu regarderas avec reconnaissance et curiosité ces jours de transition où tu étais déjà entouré bien véritablement et baigné par la vertu de la croix, mais où tu pouvais encore t'en retirer à volonté et en sortir parfaitement sec. Ceux qui t'aiment et qui appellent sur toi le rayon d'en haut, avec une ardeur patiente, s'effrayent plutôt qu'ils ne se réjouissent de ce semblant de foi en quelque sorte littéraire et factice où ton imagination entre, séparée de ton

àme, et qui te laisse tous les symptômes de
l'indifférence, y compris même le plus caractéristique: la poltronnerie, déguisée en
sagesse; mais moi qui ai passé par ce che-
min, je te vois aller et j'espère....

Ce fut l'anecdote de M. Thiers qui intro-
duisit notre causerie au centre même de la
question de la basilique. Le frère était beaucoup plus ferré que nous sur les origines
du vœu. Il avait assisté à la séance des co-
mités catholiques du 5 mai 1872, où la naissance de l'œuvre avait été rapportée d'une
façon si émouvante. Le frère nous dit ce
qu'il avait entendu, et c'est d'après lui que
je parle :

C'était à l'heure la plus cruelle de nos
désastres. Un chrétien isolé et volontaire-

ment inconnu reçut ce rayon dans la nuit de son âme, navrée par l'immense malheur de la patrie. Ce chrétien était exempt de colère au point d'avoir foi dans la bonne volonté du dictateur qui usurpait alors le gouvernement de la France. Il ne mettait point en doute son patriotisme, mais il le voyait, comme tout le monde, lamentablement inférieur à sa tâche, disperser nos suprêmes ressources, paralyser nos soldats, annihiler nos généraux et redoubler de forfanterie à mesure que son impuissance pesait plus cruellement sur l'agonie de son pays. Tout était désespéré; Bourbaki tombait dans l'est au bruit de l'orgie garibaldienne ; Chanzy n'avait plus de soldats. La plus vaillante nation du monde râlait son dernier soupir.... Le chrétien inconnu, tout seul et sans mission, usurpateur aussi, agenouillé aux pieds d'un crucifix dans une chambre d'hôtellerie, voua cette ruine si chère au cœur très-sacré de Notre-Seigneur Jésus.

Oh! certes, pour une multitude de gens que je n'ai point à blâmer, moi qui partageais hier une partie de leurs timidités, il y a là de quoi sourire. Que Dieu éclaire seulement ceux qui sont encore aveuglés par le bandeau qui était sur mes yeux! Il faut prier ardemment, pardonner du fond de l'âme, aimer surtout, aimer ceux-là mêmes qu'on est obligé de combattre. Telle est la loi : Nous entrons dans cette immensité d'amour où les hommes se réconcilieront, parce qu'elle est le Cœur de Dieu!

Le chrétien, l'inconnu qui n'a pas voulu donner son nom à son œuvre pria et vit une lueur au-dessus de lui-même. Comme son isolement lui pesait, il se confia à une âme sœur; ils furent deux chrétiens pour conspirer la délivrance, et ils ouvrirent leurs consciences à Mgr Pie, l'éloquent évêque de Poitiers, qui bénit la belle folie de leurs espoirs.

Et ils travaillèrent, et ils furent dix; un saint religieux de la Compagnie de Jésus, le P. Ramière, les conseilla et les guida; Mgr Guibert, alors archevêque de Tours, les encouragea de sa parole bénie, et je ne sais comment, par toute la France, où les communications étaient alors si difficiles, l'idée se propagea comme une traînée de grâce.

Nos armées ne furent pas victorieuses : M. Thiers ne porta point la persuasion dans l'esprit des souverains étrangers dont aucun ne nous tendit la main ; tout ce qui était de la terre nous manqua ; la France reçut la suprême blessure ; on la mutila.... — Et cependant, elle est vivante, j'allais dire ressuscitée ; que le Cœur divin soit glorifié !

V

Dans l'esprit des fondateurs c'était une œuvre d'expiation. Il y avait des siècles que Paris et la France oubliaient Dieu. La basilique allait porter le témoignage de résipiscence. « Elle s'élèvera, fut-il dit, dans la ville coupable et châtiée, comme une amende honorable faite sur le lieu d'un crime. En même temps, elle repoussera les dangers du présent, elle servira de leçon pour l'avenir, elle apprendra à nos neveux nos malheurs, notre repentir, et, s'il plaît à Dieu, notre délivrance. »

Il fut dit encore : « En nous éloignant du Seigneur, nous avons vu la vie se retirer de nous : puissance, énergie, dévouement, habileté, tout a disparu avec la foi. Revenons puiser notre vie sociale à sa véritable source, au cœur de Jésus-Christ, d'où est sorti le sang qui a régénéré le monde.... »

« Le Christ aime les Francs ! » s'écriait à quelque temps de là le P. Monsabré dans la chaire de Notre-Dame ; « il les a abreuvés de gloire : gloire de la législation, de la magistrature et des armes ; gloire de la science,

des lettres et des arts ; gloire du dévouement ; gloire de l'apostolat ; gloire de la
sainteté.

« Le Christ aime les Francs ! il les retire
du péril de mort : Tolbiac, Poitiers, Bou-
vines, Orléans, Denain sont des noms de
salut, plus encore que des noms de gloire.
Quand la valeur des hommes ne répond
plus à la grandeur du péril, notre divin
ami suscite une jeune fille pour brandir
l'épée de saint Louis, et Jeanne d'Arc, par
le Christ, recouvre le royaume de France....

« Le Christ aime les Francs ! Il n'a point
permis qu'ils fussent détachés comme tant
d'autres peuples du corps de son Église [1]

---

[1] Je crois devoir demander pardon à l'illustre orateur
pour l' « à peu près » de cette citation qui a passé à travers la défaillance de deux mémoires.

par le schisme et l'hérésie; il a donné à leurs rois le titre de Très-Chrétiens, il a donné à leur France le nom de Fille aînée de l'Église.

« Le Christ aime les Francs et la France. L'Époux de l'Église aime la Fille aînée de l'Église. L'Église souffre, la France est malade. Quand cette fille généreuse et vaillante pouvait tenir une arme, le Christ lui disait « Défends ta mère »; aujourd'hui, ô Christ, Époux de l'Église, armez votre propre bras! La France, votre fille pécheresse, ne pouvant plus tenir le glaive, fait appel à l'honneur de votre nom et à l'amour de votre cœur : *Christo ejusque sacratissimo Cordi Gallia pœnitens et devota....*

« .... Celui qui ressuscite les morts ne peut-il nous rendre la vie? Nous lui dirons :

« Seigneur, si vous aviez été là, l'épouse
« immortelle ne serait pas captive et sa fille
« ne serait pas morte ! » Il nous répondra,
de sa douce voix : « La France, notre fille,
« n'est pas morte, elle n'est qu'endormie. »
Et s'adressant aux misérables restes de la
grande nation : « France ! dira-t-il, lève-toi,
« viens dehors ! *Gallia, veni foras....* » Et
voilà la glorieuse morte debout, ressuscitée
par l'amour ; la voilà qui se repent, la voilà
qui se voue au Christ et à son cœur pour
toujours.... »

Le texte même de ces paroles était bien
plus haut et bien plus beau, et je me souviens qu'il rattachait le Vœu National au
plus cher espoir de tous ceux qui aiment la
France : à la pacification intérieure de la
patrie. L'éloquent religieux, puissant comme

un prophète, déchirait un lambeau des voiles de l'avenir et montrait les enfants de la France, guéris de leurs haines impies, rassemblés, serrés en un seul faisceau d'âmes pour former encore une fois la famille invincible et reine que sacra le baptême de Clovis.

Ce ne fut pas seulement la foule des fidèles massée sous les voûtes de Notre-Dame qui entendit cet appel inspiré, ce fut le pays catholique entier. L'œuvre surgit de là toute grande, sous le patronage de l'archevêque de Paris, qui ajouta dans le bon plateau de la balance le poids vénéré de sa parole. Du haut du calvaire romain, où la croix replantée porte une figure vivante de Jésus souffrant et priant, l'offrande du Père commun des chrétiens fidèles tomba

magnifique, mais moins précieuse que le
trésor de sa bénédiction. Tous les évêques
parlèrent à la fois, et la bourse du Vœu, à
peine ouverte, pesa plus de la moitié d'un
million.

Ce fut alors que l'éminent pasteur du dio-
cèse de Paris s'adressa au gouvernement et
demanda que l'œuvre fût reconnue par une
loi. Cela eut lieu au dix-neuvième siècle,
trois ans après le règne blasphématoire de
la Commune. Le gouvernement se montra
favorable. La loi fut présentée ; elle eut
pour rapporteur un fils catholique de l'Al-
sace si chère et tant pleurée, et sur les con-
clusions du rapport, l'Assemblée, à la ma-
jorité de trois cent quatre-vingt-deux voix
contre cent trente-huit, déclara « l'utilité
publique de l'église que, par suite d'une

souscription nationale, l'archevêque de Paris se proposait d'élever sur la colline de Montmartre, en l'honneur du Sacré-Cœur de Jésus-Christ, pour appeler sur la France, et en particulier sur la capitale, la miséricorde et la protection divines. »

Cela eut lieu, je le répète, au dix-neuvième siècle de la putréfaction créatrice, du hasard vainqueur de Dieu, et de la guenon, *alma mater* de l'humanité! Cela eut lieu en présence de ceux qui nient les miracles; cela eut lieu! Le temps présent a cette page dans son histoire.

Et le vœu de la France catholique fut ainsi ratifié par LA FRANCE, sans épithète.

Aussi n'est-ce pas l'achèvement matérie

de l'édifice qui réglera la dette de la patrie ; la dette est réglée par la loi, en ce sens que nous sommes engagés dans la forme voulue. Dieu nous fait un crédit régulier : « Qui a terme ne doit. » Le code spécial aux remueurs d'affaires est fondé sur cet axiome favorable, balancé par une sanction très-sévère : la faillite.

Le terme, il est vrai, n'est pas inscrit dans la loi ; c'est un secret entre Dieu et son serviteur, le saint évêque qui a revêtu depuis lors la pourpre romaine. Vous qui haïssez, n'ayez espoir ; vous qui aimez, n'ayez crainte : le vœu de la France ne fera pas faillite à Dieu.

VI

Je ne veux pas oublier que ceci est une anecdote et qu'il me faut raconter. Jean et le frère entrèrent à l'église paroissiale de Montmartre quand la messe de huit heures sonna. Je ne les suivis pas. L'air de la butte m'avait donné appétit et je m'assis à une table de guinguette, sur la place même de l'église, pour prendre une tasse de café au lait. Il n'y avait personne au moment où l'on me servit. Je me souviens que je songeais à Jean, et surtout au frère, avec ce sentiment singulier que j'ai déjà décrit, mêlé de compassion et d'envie. J'étais alors un heureux, selon le monde, un très-heureux, et mon bonheur me donnait beaucoup d'orgueil. Le monde était mon maître; il me tenait en laisse et de court. Tous mes espoirs, y compris ceux qui regardaient ma famille si tendrement aimée, allaient vers le monde, et pourtant la figure du frère restait devant moi toute lumineuse; je sentais à quel point elle me mettait dans l'ombre.

Et auprès de ce jeune homme si étranger au monde, né en quelque sorte dans le service de Dieu, je devinais Jean, le pauvre vieux pécheur, agenouillé sur les dalles de la pauvre vieille église. Jean était de ceux qu'on voit encore quand ils ne sont plus là.

Que faisais-je avec ces deux hommes, si

différents de moi ? Je cherche à savoir, en m'interrogeant moi-même, si déjà je pensais que leur sort valait mieux que le mien, mais je ne le crois pas ; mon heure était bien éloignée encore.

Pendant que je prenais mon repas, il arriva du monde : du pauvre monde, mais gai, vivant et bon enfant. C'étaient des ouvriers terrassiers sans travail, revenant « secs » de l'embauchage de la place Clichy. Ils s'asseyaient à cinq ou six par table pour boire un verre de vin en mangeant leur morceau de pain. Ils se plaignaient du chômage, mais bonnement ; ils n'avaient point de politiqueurs parmi eux, mais ils savaient les nouvelles et causaient couramment de la « toquade » des députés qui allaient venir en procession pour bénir Montmartre. La chose leur semblait surtout *drôle*. Il y en avait beaucoup qui étaient comme M. Thiers, et qui n'avaient rien contre Dieu.

La plupart considéraient le fait au point de vue de « l'ouvrage » qui allait abonder, et certes, c'était bien un peu leur droit. Selon les mieux renseignés, les fondations de la basilique allaient avoir juste la profondeur du puits de Grenelle, et quoiqu'ils fussent ici à cinquante pas du premier sondage, ils affirmaient que cette percée avait déjà 300 mètres en ligne verticale. Le reste était à l'avenant comme exactitude. A travers leur devis, ébauché de bonne foi, mais entièrement fantastique, les millions roulaient comme les vagues de la mer : car, dans le tissu de contradictions qui forme l'opinion des foules, la religion est une chose morte d'épuisement, et capable de secouer les montagnes. On ne croit pas aux miracles que la religion proclame, mais on l'accuse d'une multitude de miracles qu'elle ne proclame pas. Ce cadavre accomplit des tours de force!

Comme j'achevais mon déjeuner, deux figures très-différentes des autres se montrèrent, toutes les deux hargneuses et souffreteuses : un homme encore jeune et une vieille femme, dont l'œil droit disparaissait sous l'enflure d'une récente contusion. Ils marchaient à une assez large distance l'un de l'autre en s'injuriant.

— Voilà Chamoin qui a encore épousseté son président! fut-il dit auprès de moi.

Et toute l'assistance de rire.

Je compris que la vieille à l'œil endommagé était le « président » de Chamoin. Elle avait l'air méchant et malheureux. Quoiqu'elle fût d'une laideur repoussante, il y avait dans son accoutrement un essai de coquetterie. Elle s'arrêta au coin d'une ruelle et appela d'une voix irritée quelqu'un qu'on ne voyait pas :

— Bastien ! Bastien !

— Pas de bottes, Bastien ! dit Chamoin, en homme habitué à faire des mots.

Et l'on rit encore.

La vieille cria, prise tout à coup de rage :

— Faut-il aller te chercher ?

Chamoin s'assit, écarta le verre de vin qu'on lui offrait et demanda un « abs. » Il commença tout de suite à pérorer. C'était un beau diseur, tout farci de phrases toutes faites pêchées dans la mare aux calomnies. J'ai connu des journalistes de même odeur et aussi des « honorables » beaucoup moins forts que lui, car il avait « du chien », le mot pour rire et je ne sais quelle bonhomie enragée qui montait au cerveau de ses auditeurs. Je n'ai pas besoin de vous dire son thème : il tenait à la main un numéro du journal : *Le Sou*, apportant la nouvelle du vote *clérical* de l'Assemblée.

— En voilà un au moins, dit-il, en brandissant son petit papier mal imprimé, qui ne cache pas son opinion politique ! Les autres s'appellent *le Peuple*, ou ci, ou ça ; lui, il montre du premier coup ce qui l'oc-

cupe : LE SOU ! Je connais un des rédacteurs,
et voilà sa façon de penser : « Pour avoir
des sous, c'est de caresser ceux qui n'en ont
pas. »

Après cet exorde qui fut accueilli avec
faveur parce que l'ouvrier, chose véritablement étrange, n'a pas plus d'illusions sur
ses écrivains que sur ses représentants,
Chamoin attaqua le gâteau, la vraie frian-
dise, un peu banale, un peu éventée à tous
les étalages de pâtisseries révolutionnaires,
mais toujours, toujours appétissante : l'inépuisable *chapitre des corbeaux*. Il n'y avait
pas d'invention chez Chamoin ; il agitait
au tas toutes les guenilles de la haine ; mais
c'était bien remué en salade, avec une âcreté
pleine de bonne humeur. Ces détestables
hommes noirs qui ont l'infamie de rendre

au pauvre le sou que les hommes rouges
lui empruntent, étaient accommodés par lui
de main de maître. Je ne pouvais m'empê-
cher d'admirer, et la péroraison, dans laquelle Chamoin institua avec les millions du
SACRÉ-CŒUR, confisqués municipalement, la
caisse des travailleurs, guéris du travail,
fut enlevée avec un brio surprenant, jusqu'au mot de la fin que je recommande
à ceux qui s'étonnent de quoi que ce
soit.

— Voilà l'affaire, dit Chamoin en ache
vant : à droite, des gredins qui vous prê-
chent de souffrir ; à gauche, de bons enfants qui vous disent de jouir; on n'est pas
embarrassé du choix.

Ce serait vrai, humainement parlant, si
les *bons enfants*, en fait de jouissances,

donnaient jamais autre chose que la misère.

Chamoïn se tut; on entendit une voix de petit qui pleurait dans la ruelle où la vieille femme était entrée en menaçant l'invisible Bastien. Elle en ressortit presque aussitôt après, traînant une chétive créature qui faisait peine à voir et qui hurlait de douleur. Bastien pouvait avoir dix ans : des os difformes dans un haillon. Il y eut un mouvement de pitié autour des tables, et quelqu'un dit :

— Chamoin, tu devrais attacher ton président !

Chamoin avait honte un peu; il répondit :

— C'est vrai qu'elle est mauvaise, mais ça la taquine d'avoir son petit infirme.

A ce moment, Jean et le frère sortant de la messe, paraissaient à la porte de l'église. La mégère était exaspérée ; à la vue du frère elle poussa Bastien devant elle, et cria d'une voix que la fureur faisait chevroter :

— Regardez ! voilà comme les corbeaux nous rendent nos enfants !

Cela fit de l'effet dans mon voisinage, d'autant que Chamoin ajouta :

— Je lève la main que les « quatre-bras » l'ont battu !

Le frère, cependant, descendait sur le parvis et allait vers Bastien, le pauvre être, qui retrouvait un sourire en lui tendant ses deux mains.

Les ouvriers, mes voisins, chuchotaient en voyant cela, mais leur esclavage est rigoureux. Ils n'osent pas souvent écouter ce que le cœur et la raison leur disent. Le mensonge a fondé pour eux à chaux et à sable l'envers d'une religion qui a des dogmes tyranniques, et c'est ici que l'homme porte un joug comme les bœufs.

Il y en eut un pourtant qui murmura en montrant le frère :

— Celui-là est un vrai bon, je le connais.

Et un autre ajouta :

— C'est l'invalide du siége.

Mais à ces paroles timides il n'y eut point d'écho.

La scène qui suivit fut assurément caractéristique et m'a laissé une impression qui ne s'effacera point. La vieille aussi connaissait le frère, car elle reculait vers nos tables à mesure que le frère s'approchait d'elle. Elle entraînait le petit Bastien, qui essayait de s'accrocher à la robe du religieux. Le frère ne dit que ces seuls mots :

— Sois bon, Bastien, mon garçon, aime ton père et ta mère. Dieu te récompensera.

Quand la vieille eut reculé jusqu'aux tables, elle dit à son mari :

— Viens nous-en !

Et Chamoin se leva. Encore un qui connaissait bien le frère ! Son regard rôdait et fuyait. Il y avait longtemps peut-être qu'il n'avait tenu son fils dans ses bras. Il le prit et s'en alla sans mot dire. La vieille marchait devant, grommelant des paroles qu'on n'entendait pas.

— Ce sont de pauvres gens, dit le frère

qui les regardait s'éloigner d'un œil de compassion.

Un ouvrier qui avait achevé son verre, vint à lui et dit :

— Ça se trouvait qu'on était à Champigny, on vous a vu ; il n'y a pas de robe qui tienne, vous avez de ça !

Il tapa sur sa poitrine et pirouetta, ajoutant :

— Les Chamoin, ce n'est pas du bon monde.

Ce fut tout. Les tables en un clin d'œil restèrent désertes.

Ah ! leur servitude est dure, car chez eux le cœur est droit. Ils sont honnêtes ; ils connaissent le frère qui a « de ça » et ils connaissent Chamoin qui « n'est pas du bon monde ». Mais ils se sauvent du frère comme de la peste et ils vont avec Chamoin.

Pourquoi? Est-ce que Chamoin leur donnera le bien-être dont il manque lui-même si absolument? Peut-être l'espèrent-ils un peu, tant ils sont enfants.

Mais il y a autre chose.

Par les yeux de Chamoin une force occulte les regarde et leur fait peur.

VII

Dans le fiacre où nous fîmes monter le frère pour le reconduire à la maison mère, Jean voulut savoir ce que j'avais vu et entendu à la guinguette pendant qu'il était à la messe, et je le lui dis. J'avais reçu une mauvaise impression. Le frère s'était montré discret, selon son devoir, mais quelques paroles entendues autour des tables me laissaient deviner que ce Chamoin et sa femme étaient parmi les sinistres acteurs du drame de la maison Scribe.

— Le Vœu National est une belle chose, dis-je, mais c'est une belle chose qui n'est pas de notre temps. La basilique ne sera jamais bâtie, et si elle est bâtie, elle sera détruite. C'est un défi trop hardi, jeté à la victorieuse coalition formée par le doute, l'indifférence et l'incrédulité. Vous proclamez vous-même que tous ceux qui ne sont pas avec vous sont contre vous. Eh bien ! dans ce siècle de nuances, de compromis, d'alliages, d'amoindrissements et de reculades où toute créature humaine marchande le devoir, discute le dévouement et

se damne intelligemment, selon les règles
de la plus sage prudence, c'est là une dé-
sastreuse devise. Vos rangs s'éclaircissent,
tandis que ceux de vos ennemis deviennent
à chaque instant plus épais, grâce à la devise contraire. Ils disent, eux : « Tous ceux
qui ne sont pas contre nous sont avec
nous », et au fond c'est bien plus l'esprit de
l'Évangile. Aussi se recrutent-ils de toutes
vos pertes, et moi qui suis entre les deux
camps, vivante image de l'impartialité, je
vois bien que vous leur prêtez à rire. En
érigeant ce monument, vous ressemblez à
des gens qui feraient tirer le canon et chan-
ter le *Te Deum* après une bataille perdue.
Avez-vous donc trop de ressources à dépen-
ser ? Ne vous reste-t-il plus assez de pauvres
à secourir, pour que vous jetiez leur bien

en pâture à cette fastueuse débauche d'encens prodigué et perdu?

Le cher frère me regardait en souriant gravement. Je m'étonnais que Jean ne me contredît point, mais Jean s'était emparé du livre de prières, habillé de drap, et le feuilletait.

Moi, je poursuivais ma remontrance, et, bien entendu, j'avais soin de constater à tout bout de phrase que je parlais ainsi dans l'intérêt de la religion. C'est la loi de toute fronde. Un bon détrônement ne peut se faire qu'au cri de vive le roi!

J'en avais fini avec l'imprudence de la « manifestation », j'étais en train de tonner contre le crime inutile d'une pareille aumône, prodiguée dérisoirement à la richesse de Dieu, en face de la misère des hommes, et il est certain que j'aurais pu continuer ainsi fort longtemps sur le même ton, sans tarir, quand la main de Jean se posa avec bruit sur son livre ouvert.

— Écoute, me dit-il.

Et il lut à haute voix la suite de l'évangile selon saint Jean qui se récite le lundi de la semaine sainte : « Six jours avant la « Pâque, Jésus vint à Béthanie, où était « mort Lazare qu'il avait ressuscité. Là, on « lui donna à souper, et Marthe le ser- « vait.... Pour Marie, elle prit une livre « d'huile de vrai nard, parfum du plus « grand prix ; elle en parfuma les pieds de « Jésus et les essuya avec ses cheveux : « toute la maison fut remplie de l'odeur « de ce parfum. Aussi, l'un des disciples,

« Judas Iscariote, celui-là même qui devait

« livrer Jésus, se mit-il à dire : *Pourquoi*

« *n'a-t-on pas vendu ce parfum trois cents*

« *deniers, qu'on aurait donnés aux pau-*

« *vres ?...* »

Jean tourna la page et poursuivit :

— Telle fut la parole de Judas. Voici

la réponse du Sauveur dans l'évangile

selon saint Marc : « Laissez cette femme

« en repos ; pourquoi lui causez-vous de

« la peine?... Ce qui était en son pou-

« voir elle l'a fait. Elle a répandu par

« avance ces parfums sur mon corps, pré-

« venant l'heure de ma sépulture. Je

« vous le dis en vérité, partout où aura

« été prêché cet évangile, dans le monde

« entier, ce que cette femme a fait sera ra-

« conté à sa louange.... »

Le frère baisa la croix de son chapelet : j'étais muet, Jean referma le livre.

— C'est très-beau, dis-je après un silence.

— Tais-toi, murmura Jean qui priait.

VIII

Jean reprit :

— De Dieu tout est beau. Ne loue pas seulement la splendeur de sa parole avec ton jugement de poëte ; regarde le travail de ses mains, admire l'œuvre de ses miséricordes ; émerveille-toi, prosterne-toi.... as-tu vraiment peur pour Dieu, ou du moins pour le sanctuaire de Dieu, entouré de menaces et de haines ? C'est un honnête sentiment, et

peut-être qu'il m'arrive de le partager. Il
y a une tristesse dans ma pensée, mais j'ai
envie de rire de toi, surtout de moi, tant
nos craintes s'égarent. Pleurons sur les
hommes et ne pleurons que sur les hommes.
En Dieu tout est force et durée. Rien ne
chancelle en Dieu ni ne meurt. Va, ne sois
pas prudent, quand il s'agit de Dieu. Aime-
le, si tu peux, par-dessus toutes choses, et ne
lui prête jamais la protection de ta sagesse.
Judas injuria la sœur de Lazare au nom des
pauvres, mais son indignation était un
mensonge. Écoute Jésus, donne à Jésus,
qui est à la fois le plus pauvre et le plus
riche. Que ton parfum soit répandu jusqu'à la dernière goutte et se perde à ses
pieds. Tant mieux, s'il vaut trois cents deniers, et mille, et cent mille !

Tu vis dans le siècle des sages, raisonnablement affolés, des savants qui n'ignorent rien, sinon le principe de toute science, au milieu des esprits sonores qui se croient profonds parce qu'ils sont creux, et tu entends tout à coup les coryphées du doute pousser au long des jours le cri de leur stupeur parce que des rassemblements de croyants, immenses et sans cesse renouvelés, entreprennent voyages sur voyages, sans autre but que d'aller en foule, priant et chantant, adorer le cœur de Dieu, honorer la Mère de Dieu, la mère de la Mère de Dieu, l'archange saint Michel, que sais-je? tout ce qui est de Dieu. Penses-tu qu'il n'y ait pas parmi eux des docteurs? Ils sont des myriades de pèlerins, ils vont à des milliers de chapelles si humbles, que les négociants en popularité n'en soupçonnaient même pas les noms glorieux; ils s'agenouillent devant les tombeaux de saint Denis et de saint Martin, de sainte Radegonde et de sainte Geneviève, à Tours, à Poitiers, et (ô pudeur!) à Paris, source des encres de toutes vertus! Ils boivent l'eau de Lourdes et l'eau de la Salette, décriées par les médecins; ils rapportent des chapelets de la Salette et de Lourdes; ils font, sur leurs genoux, le tour de la basilique de sainte Anne; ils demandent en baisant la terre, devant le Saint Cœur, à Paray-le-Monial, non point du tout le châtiment de ceux qui haïssent en aveugles et qui triomphent de leur propre malheur, mais leur retour au bonheur et à la lumière. Et voilà que les mêmes pèlerins, et d'autres, plus innombrables, tournent déjà leurs yeux vers Montmartre, la colline choisie d'où le grand amour de Jésus va descendre sur la France en torrents de bénédictions. Ils croient cela! En 1873!

Le fait ne te donne-t-il rien à penser?

Ils vont venir, ils viennent déjà, et le temple du Vœu National, dont les racines pénétreront la terre plus profondément que celles des Cèdres du Liban, n'est encore qu'en espoir. Que sera-ce quand notre archevêque aura semé le gland de pierre d'où s'élancera l'arbre avec tous ses rameaux? Ils viendront alors par centaines. Et quand les premiers profils de l'œuvre apparaîtront au sommet de la montagne, tu les verras par milliers; et quand le premier chant éclatera dans la nef consacrée, le mont tout entier, de la base au faîte, se hérissera de vivants actes de foi.

Je sais que cela sera ; j'écoute dans l'avenir la fanfare pacifique vouant au cœur de mon Dieu le cœur de ma patrie : c'est pour moi le cri de la résurrection ; il monte plus aigu que nos douleurs, plus profond que nos hontes et vaste comme nos espérances jusqu'au ciel qu'il envahit, poussé par des millions de poitrines. Ces cohues de ferveurs domptent la Providence !

.... Il y a, tu l'as dit, des menaces parmi ces promesses. Viens-tu seulement de découvrir, ce matin, la bataille qui se livre depuis près de dix-neuf siècles entre le Christ et Sâtan ? Nous savons que notre ennemi prépare l'assaut ; il s'est vanté de sa force, il a raillé notre faiblesse, mais, Dieu soit loué, le triomphe a pour nous deux faces, dont l'une est le martyre; nous prenons avec certitude la victoire où elle est, dans l'accomplissement, quel qu'il soit, de la divine volonté.

Nous avons peut-être, à nos heures, la même vision que les prophètes du mal. Nous voyons le flot de l'impiété monter contre nous comme une marée. Nous voyons l'inondation de la colère couvrir tout. Rien ne résiste à cette mort; le cantique se tait, le temple s'écroule; il ne reste du sanctuaire qu'un pan de mur juste assez haut et assez large pour y adosser les saints qui vont mourir. *Te Deum laudamus.*

Gloire à vous, Seigneur et Père, gloire, gloire! oh! gloire éternelle à votre adoré nom! Ayez pitié de ce flux meurtrier qui se rue contre vos serviteurs! Vous êtes mort, ô immortel pardon! pour ces âmes en démence! Ayez pitié des bourreaux pour l'amour des victimes.... Ayez, s'il est possible, pitié même de Judas.

Et même, ayez pitié, ô Dieu dont la miséricorde n'a point de limites, ayez pitié des maîtres de Judas, ces princes du peuple, ces pharisiens et ces scribes, possesseurs du chiffre et de la lettre, qui sont riches, qui sont éloquents, qui sont savants au point qu'on les appelle du nom même de la science : doctrinaires, et qui combinent sans cesse le plan des ravages sans oser jamais y mettre la main.

Car ils n'ont qu'un courage, celui de l'apostasie; leur seule audace est de mentir sans rougir, et s'ils poignardent, c'est de loin, hors de portée, hors de danger, en distillant le poison de parole et de plume où les vrais tueurs tremperont le couteau....

Ceux-là, Jésus, sont bien autrement coupables que Judas, puisqu'ils suscitent Judas et qu'ils le payent. — Ah ! ils ne le payent pas cher : trente deniers que Judas ne mangera ni ne boira, mais dont les doctrinaires profiteront après que Judas se sera donné la mort !

Moi, j'ai compassion de ce Judas, le misérable des misérables, et mon cœur éclate d'indignation, quand je songe au crime des docteurs, ses patrons ; mais vous, ô Dieu ! ayez pitié même des docteurs !

Cependant, Seigneur, laquelle de ces deux fêtes verrons-nous ? Celle du bien ?-Celle du mal ? L'inauguration ? Gloire à vous ! La ruine? A vous toute . gloire! Vos temples crient vers vous deux fois : quand ils s'é-lèvent et quand ils s'écroulent. Il y a plus d'encens dans les pleurs que dans la prière même, et le dôme renversé de vos autels n'est pas moins près de vous sous la pous-sière que dans les nues.

Vous avez dit, en vérité, que partout où serait prêché votre Évangile, dans le monde entier, la prodigalité de Marie-Madeleine serait racontée à sa louange. Ainsi soit-il ! Le gain, le vrai gain, Seigneur, le bénéfice in-calculable c'est ce qui est perdu à vos pieds.

Notre vœu a pour but l'expiation ; qu'im-porte la manière dont notre vœu s'accom-plira? Nous tâcherons, mais c'est vous seul qui ferez. Il faut que la basilique jaillisse, louange de marbre et d'or; elle jaillira. Il faut qu'elle croisse et qu'elle fleurisse pour couronner Paris qui couronne la terre. Il faut que sa forme soit pure, ses murailles précieuses par la matière et par l'art. Se peut-il trouver rien d'assez beau pour la maison de votre amour? Je voudrais qu'il fût possible de la tailler dans un seul diamant, la vasque où couleront les trésors de la charité infinie. Ce ne serait ni trop durable ni trop éclatant pour le don de la France, pour l'hommage qui vivra autant que les siècles, ou qui s'abîmera demain, broyé dans le prochain tremblement de terre. Ainsi soit-il.

Ainsi soit-il! Et puisse alors la ruine être assez vaste pour valoir tout le pardon de Dieu!

Pour cela, surtout pour cela, qu'il soit

incomparable dans sa magnificence, le palais de votre tendresse, ô Jésus ! Pour cela,
si vous voulez cela : que rien n'égale sa
beauté souveraine, s'il doit être anéanti par
Judas, aveugle et mercenaire, soudoyé par
le crime clairvoyant des docteurs !

Et donnons les trois cents deniers de nard,
quand même ils devraient se répandre sur
le sol jusqu'à la dernière goutte. Donnez
avec profusion, vous qui avez reçu le re-
doutable dépôt de la richesse dont il vous
sera demandé un compte si exact. Donnons
aussi, nous qui sommes pauvres. Que l'o-
pulence et l'indigence soient également pro-
digues, afin que l'*ex-voto* monumental de la
France catholique soit en argent massif, s'il
doit rester debout, et tout en or, s'il doit
tomber. Pour donner, avons-nous besoin de

savoir si la merveille dédiée au cœur de Jésus le glorifiera pendant de longues années ou exhalera vers lui toutes les piétés de son parfum, dans un seul et grand souffle, comme un encensoir brisé?

Ce que nous savons, ce qui est certain, c'est que la bonté de Dieu n'a point de bornes, que son règne arrive sans cesse, que sa volonté est faite éternellement, et qu'à l'heure où notre expiation montera vers lui victorieuse ou vaincue, son cœur divin la répandra en baume de grâce sur la plaie par où saigne le cœur de la France.

Donnez, heureux, donnez, souffrants, donnez tous et donnez tout pour racheter l'âme de la patrie!...

Il tendit, moitié grave, moitié riant, sa

main ouverte comme les quêteurs. Nous obéîmes à ce commandement, et dans sa main le sou du cher frère tomba à côté de ma bourse.

Mais le cher frère avait les yeux humides, et moi j'appelai Jean « fanatique », pour me venger.

IX

A quelque temps de là, je fus frappé en apparence très-cruellement. Sous le coup, je chancelai au bord de la révolte qui tue.

Mais je vins un matin m'agenouiller dans la chapelle provisoire du Sacré-Cœur, et je fus sauvé, ayant reçu le bienfait des premières larmes.

Depuis lors, je crois, j'espère et j'aime. Je suis heureux; je sais prier.

Il y a quinze jours, j'achevais la publication de *Pierre Blot* dans la revue du *Monde catholique*, quand j'appris, par la triomphante clameur des journaux hostiles à la religion, que les souscriptions à l'œuvre du Vœu National allaient se ralentissant. La pensée me vint aussitôt d'ajouter cette préface à mon livre; non pas que je me flatte de posséder la moindre influence, mais dans le but de me créer ainsi une offrande à déposer sur l'autel du Sacré-Cœur.

Et pendant que j'écrivais ces pages, une autre pensée naquit en moi : je me dis que, selon la parole de Dieu même, quiconque divulgue le bien qu'il a fait a reçu sa récompense en ce monde.

Je résolus alors de donner deux fois, d'abord le salaire de mon travail et ensuite ma récompense à venir, pour acheter le droit de dire à mes amis qui sont riches : « Vous avez donné, donnez encore; vous avez donné beaucoup, donnez le double, car il faut imposer silence à la raillerie des méchants. Donnez et divulguez votre don, au risque de perdre votre récompense. Élevez votre drapeau, soutenez l'honneur de votre foi. La pécheresse fut pardonnée parce que son cœur éclata comme un vase trop plein et emplit la maison de parfums. Imitez cet amour, supérieur aux prudences humaines. Vous, la France catholique, dans votre repentir, vous avez fait une solennelle promesse au cœur de Jésus-Christ : *Christo ejusque sacratissimo Cordi Gallia pœnitens et devota*. Vous devez! Laisserez-vous outrager la France et son vœu? Protester sa dette? Insulter à sa pénitence? Provoquer la foudre?

On vous parle, écoutez. Ce n'est pas moi, qui ne suis rien, c'est le Cœur, qui est tout. On vous appelle, levez-vous et venez. L'ennemi a triomphé trop vite, car vous voilà prêts à donner ce que vous avez, tout ce que vous avez, plus que vous n'avez, et à vous donner vous-mêmes par surcroît au Cœur qui aime les Francs, pour racheter la France!

Typographie Lahure, rue de Fleurus, 9, à Paris.[20629]